멋진 초록 마을을 담은
그림을 보러 오세요.
굴로드 M

초 대 장
초록 마을 숲 속 갤러리
굴로드 그림 전시회
스위치 최초힝 무 있음.

**지은이 문채빈**

일과 삶에 지쳐 청소할 힘도 남아 있지 않을 때, 누군가 내 공간 청소를 도와주면
좋겠다는 생각으로 '청소 특공대 다람단' 캐릭터를 떠올렸습니다. 일상이 힘들 때
는 집도 작업실도 엉망진창이었지만, 정리와 청소를 하고 나서야 비로소 엉망이 된
일상이 제자리를 찾는다는 것을 알게 되었지요. 어린이 친구들에게도 청소와 정리
정돈이 얼마나 큰 힘을 주는지 전하고 싶어 이 책을 쓰고 그렸습니다.

# 청소 특공대 다람반 3

## 우리가 청소를 하는 진짜 이유!

글·그림 문채빈

Mirae N 아이세움

# 청소 특공대 다람단 소개

정리를 하다 보면
마음까지 차분해져.

## 정리왕 **다람**

청소 특공대 다람단 단장.
청소 계획을 세우고 차곡차곡 정리하는 데
소질이 있다. 무슨 일이든 열심히 하면
된다고 생각하는 긍정적인 다람쥐.

반짝이는 것은
주변까지
돌아보게 해.

## 정돈왕 **콩이**

청소 특공대 다람단 단원.
눈에 보이는 것은 무엇이든 다
유리처럼 반짝반짝 눈부시게 만드는
재능이 있다. 주변 친구들을 누구보다
잘 이해하는 마음 따뜻한 다람쥐.

어떤 의뢰든,
청소의 목적을 잊지
말아야 해.

## 청소왕 **밤이**

청소 특공대 다람단 단원.
엄청난 힘으로 어떤 쓰레기든 쓱쓱 싹싹
쓸어버리는 데 소질이 있다. 한번 결심한
일은 무조건 행동으로 옮기는 다람쥐.

## 지난 이야기

청소가 필요한 곳이라면 어디든
달려가는 청소 특공대 다람단!
다람단은 거미 형제, 올망이
졸망이가 복수를 하기 위해
자신들을 따라다니는 것도 모르고
초록 마을 청소에 열심이었어.
햄스터 형제 파트와 라슈에게
어린이도 할 수 있는 집안일과
청소법을, 붉은 여우 별이에겐
책가방 정리법과 학교 사물함을
정리하는 법도 알려 주었지.
그러다 며칠 뒤! 다람단이
청소 특공대가 되고 싶다는
파트와 라슈를 격려하던
도중, 초록 마을을
더럽힌 범인 올망이와
졸망이를 마주친 거야!
과연 이들에게 어떤
일이 벌어질까?

# 차 례

To.다람단

청소예약

작가네    생쥐네

## 프롤로그 우리도 이유가 있어!

여기는 청소 특공대, 다람단의 청소 사무소야. 초록 마을을 엉망으로 만들려다 딱 걸린 거미 형제가 다람단 사무실로 붙들려 왔어.

콩이는 거미 형제 앞에 앉아 웃으며 대화를 시작했어. 콩이의 입꼬리가 파르르 떨렸지.

반성은커녕 작품이라니! 다람단은 올망이와 졸망이
의 당당하고 뻔뻔한 대답에 기절할 뻔했어.

콩이는 다시 한번 어금니를 꼭 깨물었어.

"무슨 뜻인지 자세히 설명해 줄래?"

"무지개 거미줄을 치고, 그림을 그린 건 다 이유가 있
다는 거야!"

"아무리 청소 특공대라도 우리 작품을 허락도 없이
함부로 치우고 지우면 안 되는 거 아니야?"

올망이와 졸망이는 콩이의 따가운 눈빛을 모르는 척
이야기를 이어 갔어.

거미 형제는 서로를 바라보고 고개를 끄덕였어.

"우리 작품을 모두에게 보여 주려면 어쩔 수 없는 일이라고."

"그러니까, 다람단! 이제 우리 그림이랑 무지개 거미줄 안 치우겠다고 약속해 줘."

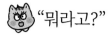"뭐라고?"

콩이의 잔소리가 시작되었어. 어쩌면 이번에는 '다있소 문방구'의 꼭지 할아버지보다 잔소리가 더 길어질지도 몰라.

내키는 대로 아무 데나 그리면, 그림이 아니라 낙서야!
너희 눈에만 멋있고, 남들 눈에는 지저분할 수 있잖아. 그러니
무지개 거미줄이 아무리 예뻐도, 마음대로 아무 데나 치면 안 돼!

그리고 어지르는 거미 따로 있고, 치우는 다람쥐
따로 있니? 쓰레기도 아무 데나 두면 안 되지!
우리가 아무리 매일 청소한다고 해도,
너희가 함부로 어지럽혀서야 되겠어?

콩

콩

아얏!

아이코!

또 그러면
정말 화낸다!

"무지개 거미줄을 우리만 보는 건 아쉬운데."

"잔뜩 치면 진짜 멋있는데……"

올망이와 졸망이는 꼭 무지개 거미줄을 초록 마을 주민들과 같이 보고 싶었어.

"그러면 거미줄을 쳐도 괜찮은 곳을 찾아봐야지."

모기를 잡아야 하는 곳이나,

깊은 숲속 같은 곳이나.

올망이와 졸망이가 고개를 세차게 저었어.

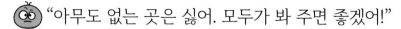 "아무도 없는 곳은 싫어. 모두가 봐 주면 좋겠어!"

"음, 그럼 무지개 거미줄이 어울리면서 너희도 만족할 만한 장소를 찾아볼까?"

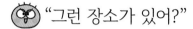 "그런 장소가 있어?"

"물론이지. 있어야 할 곳을 찾는다면, 무지개 거미줄의 숨겨진 아름다움도 발견할 수 있을 거야."

올망이와 졸망이는 알쏭달쏭했어.

"너희도 청소 특공대가 되면 어때?"

"같이 청소하다 보면 딱 맞는 곳을 찾아낼 거야."

거미 형제는 얼결에 고개를 끄덕였어. 어쩌다 청소 특공대가 되어 버린 올망이와 졸망이! 과연 둘은 최고의 장소를 찾아낼 수 있을까?

# 화가 클로드의
# '그릴 수 없는 캔버스'

햇살 좋은 아침. 다람단은 거미 형제 올망이, 졸망이
와 일찍부터 초록 마을을 둘러보았어. 올망이와 졸망이
가 청소 특공대가 된 덕에, 마을은 반짝반짝 깨끗했어.

"오늘은 청소할 곳이 없겠는걸."

그때, 바람을 타고 나뭇잎 하나가 날아왔어.

SOS

팔랑

뭐지?

엇, 머리 위에!

올망이와 졸망이가 잽싸게 무지개 거미줄로
나뭇잎을 낚아 왔어.

나뭇잎에 적힌 SOS 메시지! SOS는 위험을 알리는 구
조 요청 신호야.
다람단은 깜짝 놀라 나뭇잎이 날아온 방향으로 마구
달렸어. 누군가에게 도움이 필요한 것 같았거든.

도움을 구하는 나뭇잎은 언덕 위에서 날아온 것 같
았어. 다람과 콩이, 밤이, 올망이와 졸망이는 서둘러 푸
른 언덕을 달려 올라갔어.

클로드 아뜰리에

저기야!

SOS

SOS

언덕 위에는 사슴 화가 클로드의 집이 자리 잡고 있었어. 다람단은 숨을 가다듬었지. 클로드는 초록 마을 최고 인기 화가인데, 요즘은 활동이 뜸해 어떻게 지내나 궁금하던 참이었거든.

밤이가 문을 두드렸지만 아무 대답이 없었어.

🐹 "요 며칠, 클로드 작가님을 본 마을 주민이 없다고 하던데……."

🐱 "혹시 무슨 일이 생긴 게 아닐까?"

🐹 "억지로라도 들어가야 하나?"

밤이가 문손잡이를 살짝 당기니 문이 끼이익 소리를 내며 열렸어!

문이 안 잠겨 있어.

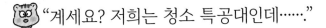"계세요? 저희는 청소 특공대인데······."

다람단과 올망이, 졸망이는 조심스레 안으로 들어갔어. 집 안은 그야말로 난장판이었지. 누군가 뒤집어엎은 듯, 클로드의 그림 도구들이 바닥에 나뒹굴고 있었어. 도둑이라도 들었던 걸까?

어디에도 클로드의 모습은 보이지 않았어. 마음이 급해진 다람단은 서둘러 클로드의 흔적을 찾기로 했어.

그런데! 엉망진창 집이 익숙한 다람단에게 특이한 점
이 눈에 띄었어. 주방에도, 거실에도, 침대 위에도 구겨
지고 찢어진 그림이 널려 있다는 것! 이런 광경은 처음
이었지. 마치 누군가 일부러 그림을 망친 것 같았어.

　다람이 걱정하며 크게 외쳤어.

🐻 "클로드 작가님!"

……여기예요.

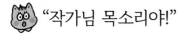 "작가님 목소리야!"

벽처럼 겹겹이 둘러싸인 캔버스들 뒤에서 소리가 났
어. 놀란 다람단과 거미 형제가 급하게 캔버스를 치우
자 문 하나가 드러났지.

문을 열자, 화장실 바닥에 잔뜩 야윈 클로드가 엎드려 있었어.

화장실에 갇혀 사흘이나 굶은 클로드는 볼은 핼쑥,

눈 밑은 어두운 그늘이 잔뜩 내려와 있었어.

 "잠깐 기다리세요! 제가 음식 만들어 올게요!"

콩이는 아수라장이 된 주방에서 금세 요리를 만들어

왔어. 클로드는 의심 없이 음식을 받아 들었지.

"냠냠……. 음음……. 헉! 이, 이 맛은?"

클로드는 고개를 갸웃했지만 햄버거를 계속 맛있게
먹었어.

"작가님, 어쩌다 화장실에 갇히신 거예요?"

"그림은 왜 구겨져 있어요? 누가 그랬어요?"

"설마 도둑? 저희가 신고할까요?"

클로드가 먹던 햄버거를 내려놓더니 한숨을 길게 쉬
었어.

"그게 아니랍니다. 휴……. 사실, 곧 초록 마을에서 제
그림 전시회가 열리거든요. 그림 작업을 끝마쳐야 할 날
짜가 코앞에 다가왔는데, 그런데……."

"뭘 그려도 마음에 들지 않았어요. 초록 마을의 아름다움을 그림으로 담고 싶었는데, 예쁜 꽃을 가져와서 그려 봐도 마음에 안 들고, 멋진 돌멩이를 가져와서 그려 봐도 별로였어요."

침대 위에서도
그려 보고,

물구나무를
선 채로도 그려 보고,

식탁 위에서도
그려 보고,

화장실에서도
그려 봤거든요.

그림 그리는 공간을
바꿔 보면 좀 나을까 했는데,
소용이 없었죠.
그러다 겹쳐 놨던 캔버스
더미가 쓰러져서 화장실 문을
막아 버리는 바람에,
화장실에 갇히게 된 거예요.

일주일 안에
그림을 다 그려야 하는데,
아직 한 장도 완성하지
못했어요. 어떡하죠?

클로드가 솟아오르는 눈물을 참으려는 듯 햄버거를
크게 한 입 베어 물었어.

"보시다시피, 이제 저희 집에는 그림 그릴 공간도 남
아 있질 않아요."

누군가 청소와 집 정리를
도와주면 좋을 텐데요.

이젠 입맛까지
이상해졌나 봐요.
조금 전까진
맛있었는데.

이상해진 게
아니라,

제대로 돌아오고
있는 것 같은데.

다람단이 말하지 않아도 클로드는 청소할 생각이 있
는 것 같았어. 청소 특공대가 이 기회를 놓칠 리 없지!

청소에 도움이,

필요하세요?

그 말,
취소하기 없기!

빨리 청소 끝내고,
클로드 작가님한테
또 요리 만들어 드려야지!

콩이야, 오늘은
청소만!

청소, 하면 다람단!
도움이 필요한 곳이라면 언제든지
달려갑니다!

청소 특공대 다람단
출동

그리고!

오늘은 소개해야 할
청소 특공대가 더 있지!

오늘이 올망이, 졸망이가 청소 특공대로 처음 활약하는 날이야. 많은 이웃들이 청소를 도와준다니! 클로드는 뛸 듯이 기뻐했어. 아니, 정말 집 안을 뛰어다니며 마구 기뻐했어.

다람이 청소 의뢰서를 내밀었어. 의뢰인에게 딱 맞는 청소와 정리 정돈 방법을 찾으려면 꼭 필요한 일이거든. 클로드는 서둘러 청소 의뢰서를 채웠어.

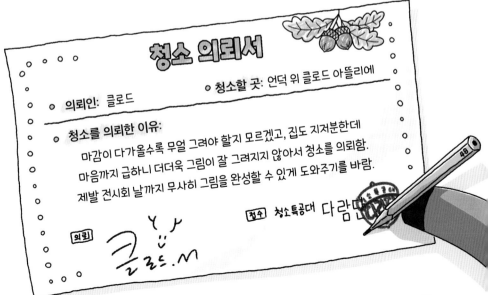

청소 의뢰서

청소할 곳: 언덕 위 클로드 아뜰리에

의뢰인: 클로드

청소를 의뢰한 이유:
마감이 다가올수록 무얼 그려야 할지 모르겠고, 집도 지저분한데 마음까지 급하니 더더욱 그림이 잘 그려지지 않아서 청소를 의뢰함. 제발 전시회 날까지 무사히 그림을 완성할 수 있게 도와주기를 바람.

접수 청소특공대 다람

의뢰 클로드

사실 말이야, 다람과 콩이, 밤이는 클로드의 집에 들어오자마자 문제가 무엇인지 눈치를 챘어. 그래서 청소 의뢰서를 읽자 좋은 생각이 떠올랐지.

화가 클로드를 위한 특별 청소는 바로…… '너의 이름은?' 프로젝트!

# 1단계: 방 이름 되찾아 주기

 "먼저, 각 방들이 잃어버린 이름을 되찾아 줄 거예요. 지금은 모든 방이 그림 작업실이 되어 버렸으니까요. 클로드 작가님, 방 이름과 그 뜻을 다시 생각해 볼까요?"

### 현관

현관은 집을 드나드는 출입구예요. 신발을 갈아 신거나 외출할 때 필요한 물건들을 두는 곳이죠.

### 화장실

화장실은 몸 청결을 책임지는 곳이에요. 세수와 목욕을 하고, 생리 현상을 해결하기도 해요.

### 침실

침실은 주로 잠을 자는 방이지요. 자기 전엔 스마트폰은 보지 않는 게 좋아요.

방 이름에 맞는 공간의 쓰임새를 생각해 보세요.

너의 이름은?

### 부엌

부엌은 음식을 만들거나 설거지를 하는 곳이에요.

### 작업실

작업실은 일을 하는 방이에요. 제겐 그림을 그리는 방이지요.

## 2단계: 방 이름대로 공간 정리하기

다음은 더 간단해. 방에 맞게 물건을 옮기면 되거든.

"먼저 방 여기저기 널려 있는 그림 도구들은 모두 작업실로 옮길 거예요. 그릇 같은 식기는 부엌에, 이불이나 베개는 침실에, 칫솔과 치약은 화장실에, 외투는 옷방의 옷걸이에!"

거미 형제와 클로드가 고개를 끄덕였어.

"방 이름에 맞게 물건을 옮기고 나면 정리 정돈을 해야겠죠? 잘 아시겠지만, 물건의 자리를 정할 때는 쓰임새가 비슷한 것끼리 모아 두면 돼요.
붓 옆에는 물감이나 캔버스를 가까이 놓아 보세요."

### 3단계: 깔끔하게 청소하기

구석구석 청소하고 묵은 먼지까지 털어 내면 끝!

올망이, 졸망이도 열심히 창문을 닦았어. 깨끗해진

창문으로 햇살이 쏟아져 들어오자, 무지개 거미줄이 반

짝 빛났어.

클로드는 아름답게 반짝이는 올망이와 졸망이의 무
지개 거미줄을 한참 바라보았어. 왠지 기분이 좋아졌지.
이제는 정말로 멋진 그림을 그릴 수 있을 것 같았어.

　　다람단과 올망이, 졸망이의 청소가 모두 끝났어. 클
로드의 방들은 원래 이름과 쓰임새를 되찾았지. 오늘
부터 클로드는 작업실에서 그림을 그리고, 화장실 가서
손을 씻고, 부엌에서 식사를 하고, 밤에는 침실에서 잠
이 들 거야. 이제 모든 게 제자리로 돌아갈 테지.

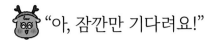 "아, 잠깐만 기다려요!"

클로드는 책상 서랍에서 조그마한 봉투를 꺼내 와 다람단과 올망이, 졸망이에게 건넸어.

클로드가 건넨 건 다름 아닌 '클로드 그림 전시회'의 초대장이야.

"고마워요! 여러분 덕분에 이제야 초대장을 돌릴 수 있게 됐어요. 제 전시회에 꼭 와 주세요!"

다람단은 가벼운 걸음으로 클로드의 집을 나섰어.

"뭔가 찝찝해. 작가님 의뢰는 그림을 완성하게 도와 달라는 거였는데, 우린 청소밖에 안 했잖아."

"걱정 마. 분명 해결될 거야."

올망이와 졸망이는 고개를 갸웃했어. 어떻게 해결된 다는 것인지 알 수가 없었거든.

거미 형제는 청소 사무소로 돌아가지 않고 클로드의 집에 남기로 했어.

다람단이 떠나고 난 클로드네 집.

클로드는 오랜만에 텅 빈 캔버스 앞에 앉았어. 여전히 뭘 그리면 좋을지 알 수 없었지만, 깨끗해진 작업실을 바라보고 있으니 왠지 전처럼 불안하거나 초조하지는 않았어.

클로드는 집 밖을 둘러보기로 했어.

어딜 가는 거지?

따라가 볼까?

산책이라도 좀 하고 올까?

정말 오랜만에 즐기는 산책이었어. 클로드 눈에 비친
초록 마을은 눈부시게 아름다웠지. 클로드는 그림으로
남기고 싶은 아름다운 꽃도 찾았어.

꺾어서 집에 가져가도
여기 있는 것만큼
예쁘지 않겠지.

마음에 드는 꽃 한 송이를 꺾으려던
클로드가 멈칫했어. 이 꽃들은 왠지
이 자리에 있어야 할 것 같았거든.

클로드 아뜰리에

클로드는 터덜터덜 빈손으로 돌아왔어.

"이제 정말 그려야 하는데……."

고민 가득한 표정으로, 클로드가

현관문을 열자……

그림은 대체
언제 그린대?

나도 그게
궁금해.

캔버스에 가려져 있던 창가에

멋진 초록 마을이 내려와 있었어.

햇빛이 조각조각 스며든 창밖의 초록
마을은 정말 눈부시게 아름다웠지.

클로드는 서둘러 작업실에 앉아 붓을 들었어. 아름다운 꽃을 꺾어 오지 않아도, 눈앞에 그토록 찾아 헤매던 진정한 아름다움이 펼쳐져 있었거든.

클로드의 텅 빈 캔버스가 드디어 채워지기 시작했어. 모든 게 제자리로 돌아왔고, 클로드의 고민도 해결된 것 같아.

이제 전시회는 걱정하지 않아도 되겠지?

청소만
했는데!

다 해결됐어!

# 완벽한 뚜비의
# '텅 빈 둘만의 오두막'

　평화로운 토요일 오후. 다람단과 올망이, 졸망이는 도
토리 차를 마시고 있었어. 혹시나 찾아올 누군가를 기
다리며 청소 사무소를 지키고 있었지.

　그때, 꼬마 망치로 도토리를 깨는 '딱, 딱!' 소리에 '똑,
똑!' 하는 노크 소리가 끼어들었어. 다람단은 서둘러 문
을 열었어.

문 앞에는 꼭지 할아버지 손녀, 딸기가 서 있었어. 딸
기는 다람단을 보자마자 울음을 터뜨렸어.

콩이가 딸기의 마음을 진정시키기 위해 찻잔을 하나
더 내왔어.

딸기는 도토리 차를 한 모금 머금고 숨을 골랐어. 그
러고는 천천히 이야기를 시작했지.

"그런 게 아니라, 나랑 제일 친한 친구 뚜비가 있거든.
우리가 매일 같이 노니까, 할아버지가 나무 오두막에
놀이 공간을 만들어 줬어."

"우린 늘 그 오두막에서 놀았어. 뚜비랑 함께하면 뭐든 다 재미있거든. 그런데 언제부턴가……."

뚜비가 청소를 하겠다며 오두막 안을 잔뜩 헤집는 거야.

저런.

갑자기?

"하루 종일 졸졸 따라다니며 청소를 하질 않나."

 "그만하고 놀자고 해도 계속 청소만 하질 않나!"

 "그러다 결국 같이 만든 장난감이랑 같이 그린 그림,
함께 읽던 책까지 몽땅 다 치워 버리는 거 있지!"

"결국!"

뚜비 너랑
안 놀아!

"많이 서운했겠다."

"내가 그렇게 지저분했나? 냄새가 났나? 나 매일 깨
끗이 씻는데. 내가 만진 게 다 더러워서 뚜비가 그렇게
열심히 청소했나 싶어서, 그래서……"

딸기야, 왜 그래?
어디 가?

뚜비 미워!

딸기는 뚜비 이야기를 한참 더 늘어놓다가 울다 지쳐
잠이 들었어. 다람단은 곤히 잠든 딸기가 깨지 않게 조
용히 밖으로 나갔어. 딸기 말대로, 청소에 별로 관심 없
던 뚜비가 갑자기 청소 대장이 된 이유를 알아야 할 것
같았거든.

다람단과 올망이, 졸망이가 오두막에 가 보니 회색 토
끼 뚜비가 청소를 하고 있었어. 지금도 반짝반짝 깨끗한
오두막을 여기저기 쓸고 또 닦기 바빠 보였지.

🐹 "네가 뚜비니? 안녕!"

🐱 "우린 딸기 친구야. 잠깐 이야기 나눌 수 있을까?"

뚜비가 부리나케 내려왔어. 딸기의 친구라는 말에 도
끼눈을 뜨고 인상을 팍 썼지.

"뭐? 청소 특공대 다람단?"

뚜비 얼굴이 환해지더니 다람단을 반겼어.

"너희가 '다있소 문방구'를 완벽하게 청소했다며? 잘
됐다. 나도 청소 좀 하는데, 구경할래? 아, 잠깐만!"

뚜비가 만족스러운 듯 미소 지었어.

"이제 들어와. 딸기가 깨끗한 걸 좋아해서 내가 신경
좀 썼어."

오두막으로 들어간 다람단 일행은 입을 다물지 못했
어. 그야말로 사방이 눈부셨거든.

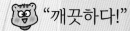"깨끗하다!"

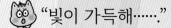"빛이 가득해……."

말 그대로 텅텅! 오두막 안은 텅 비어 있었어. 작은 박
스 하나만이 다람단을 맞아 주었지. 놀이 공간이라던
딸기의 설명과는 너무도 다른 모습이었어.

어때? 여기 정말
깨끗하지 않니?

"정말 여기가 딸기가 말한 오두막이야?"

 "뭐? 딸기가 오두막에 대해 말했어? 내 이야기는 안

했고?"

뚜비의 눈이 빛났어. 그러더니 벌컥 박스를 열었어.

뚜비는 수건을 하나 더 들고 와 박스에 휙 던져 넣었어.

 "이 박스는 뭐야? 버릴 물건을 모아 놓은 쓰레기통이

야? 아니면 재활용품?"

 "어허! 쓰레기통이라니! 이건 만능 가구라고!"

뚜비가 박스 위로 폴짝 뛰어올랐어.

"봤지? 이 박스는 이제 무대용 가구야!"

바삐 설명하던 뚜비가 박스에서 무언가를 꺼냈어.

 "잘 봤지? 이런 모습이 바로……."

*미니멀 라이프: 많은 일이나 불필요한 물건들을 줄이고, 지금 가진 것에 만족하며 사는 생활 태도를 말해요. 영어로는 'Minimal Life'라고 써요.

올망이와 졸망이는 고개를
갸웃했어. 청소 잘하는 뚜비
가 편안해 보이지는 않았거든.
반짝반짝 깨끗이 청소한 곳
은 편하고 좋아 보여야 하는

미니멀
라이프?

좋은 거야?
먹는 건가?

데, 뭔가 허전해도 너무 허전한 느낌이었어.

"물건이나 가구가 더 있어야 하지 않을까?"

"완벽한 청소를 위해서는 물건이 많으면 안 돼. 물건에
먼지가 쌓이지 못하도록 물건 자체를 없애는 철저함! 우
리 딸기가 깨끗한 걸 엄청 좋아해서 그럴 순 없어."

그때 뚜비 눈에 깨알보다 작은 먼지 한 톨이 보였어.

언제 또 먼지가
이렇게!

먼지야,
사라져라!

쓱쓱 쓱쓱
쓱쓱

다람단의 귀가 번쩍 뜨였어.

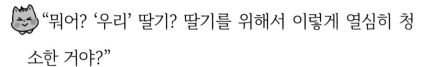 "뭐어? '우리' 딸기? 딸기를 위해서 이렇게 열심히 청소한 거야?"

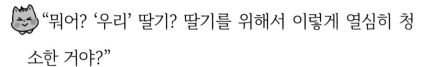 "뚜비 너, 설마, 딸기를……?"

다람이 눈을 되록되록 굴리며 수상한 표정으로 뚜비를 살폈어. 뚜비는 얼굴이 붉어지더니 양쪽 귀가 배배 꼬였어.

들켰네……?
사실은, 나…….

딸기를 좋아해.

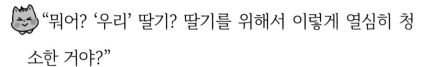 "너희가 청소를 잘한다고 딸기가 얼마나 칭찬했는지 몰라. 그래서 나도 딸기한테 잘 보이려고 열심히 청소했는데, 딸기가 화를 내더니 가 버렸어."

이런 이유로 청소를 하게 되다니! 도와 달라는 말을

들었으니, 청소 특공대 다람단이 나서야겠지?

뚜비는 발그레한 얼굴로 청소 의뢰서를 작성했어.

## 청소 의뢰서

● 의뢰인: 뚜비

● 청소할 곳: 오두막

● 청소를 의뢰한 이유:

맨날 다람단을 칭찬하는 딸기에게 잘 보이고 싶어서 청소를 시작했지만, 청소를 하면 할수록 딸기가 화만 냄. 딸기가 좋아하는 청소를 가르쳐 주었으면 함.

의뢰 뚜비 ♥*

접수 청소특공대 다람단

청소 의뢰서를 받아 든 다람단은 고개를 끄덕였어. 깨끗하게 청소하려는 열정이 넘치다 못해, 지나치고 만 뚜비. 딸기를 향한 진심이 전해질 수 있게 꼭 돕고 싶었지.

다행히, 다람단은 뚜비에게 딱 맞는 청소법이 금방 떠올랐어.

좋은 방법이 있지!

## 1단계: 공간 정의하기

먼저, 다람은 이 오두막이 무엇을 위한 공간인지 뚜비에게 물었어. 무슨 공간인지를 분명히 해야 청소와 정리 정돈을 제대로 할 수 있거든.

 "음, 이 오두막은 말이야."

뚜비는 그제야 딸기와 놀 때 필요한 것들이 하나도 남지 않았다는 걸 깨달았어.

## 2단계: 물건 다시 보기

뚜비는 딸기의 마음을 어렴풋 알 것 같았어.

"물론 깨끗한 것도 중요해. 하지만 뚜비 네가 청소를 하려는 건 이 오두막에서 딸기와 즐겁게 놀기 위해서잖아. 지금이야, 밤이야! 들고 와 줘!"

밤이가 큰 상자를 낑낑대며 들고 왔어. 뚜비가 몽땅 버리려던 물건들이었지. 뚜비는 물건을 하나씩 꺼냈어.

같이 놀기 딱 좋은 물건들이네.

내가 정말 이걸 다 버리려 했다니……

딸기가 서운할 만하네.

뚜비는 놀이 공간에 어울리는 물건과 어울리지 않는 물건을 구분했어. 딸기와 추억을 만들 물건을 고르는 중요한 일이라 시간이 많이 걸렸어.

## 3단계: 청소 이유에 맞게 방 정돈하기

이제는 무엇을 어디에 둬야 딸기랑 재미있게 놀 수 있을지 생각해 볼 차례야.

뚜비는 먼저 햇살이 잘 드는 창가에 책상을 놓았어. 딸기가 좋아하는 동화책도, 둘의 추억이 동글동글 묻어 있는 그림 도구도 책상에 두었어. 딸기와 같이 그린 그림도 벽에 다시 붙였지. 먼지가 쌓일지도 모르지만, 둘러앉기 좋은 포근한 카펫도 깔았어.

딸기가 좋아하겠지?

부드럽다!

앉아서 놀기 좋겠는데?

### 4단계: 공간 쓸고 닦기

다 같이 물건들의 먼지를 털고, 바닥을 쓸고 닦는 것
도 잊지 않았어.

"깨끗함도 중요하지만, 그것 때문에 즐거움을 포기하
고 불편함을 억지로 견딜 필요는 없다고 생각해. 그러니
청소의 목적과 이유를 잊으면 안 되는 거야."

다람과 밤이도 고개를 끄덕였어.

이제 알겠어.
고마워, 다람단!

뚜비와 다람단, 올망이와 졸망이가 힘을 합친 덕에 오두막 청소가 무사히 끝났어. 뚜비는 딸기가 좋아하는 튤립 한 송이를 창가에 두었지.

“내가 말도 없이 가지고 놀던 물건들을 몽땅 버렸으니, 딸기는 내가 자기랑 놀고 싶지 않은 거라고 생각한 거야. 딸기한테 꼭 사과할게.”

그런데 그때, 문이 끼익 열렸어.

오두막 안을 본 딸기의 눈이 휘둥그레졌어. 한숨 자고 일어난 사이, 뚜비와 함께 놀던 빛나는 공간이 되돌아와 있었으니까.

뚜비는 눈물이 그렁그렁했어. 딸기는 뚜비를 다정히 안아 주었지. 말하지 않아도 전해졌거든. 딸기를 생각하며 오두막을 다시 청소한 뚜비의 마음이 말이야.

뚜비와 딸기는 텃밭에서 당근을 뽑아 다람단에게 한 아름 안겨 주었어. 올봄부터 둘이 정성껏 길러 온 당근이래.

"맛있다."

다람단과 거미 형제는 당근을 오독오독 씹으며 청소 사무소로 돌아갔어.

뚜비와 딸기, 다시 사이좋게 지낼 수 있겠지?

당근도 맛있네.

우리도 당근 심어 볼까?

좋지!

그러고 나서, 어떻게 되었냐면…….

뚜비는 용기 내서 딸기에게 고백하기로 했대.

뚜비의 수줍은 고백이 딸기 마음을 살랑살랑 흔들어
놓았어.

　다람단과 청소를 하면 할수록 올망이와 졸망이의 고민은 깊어졌어. 청소가 점점 재미있어졌거든. 게다가 중요한 문제도 남아 있었어. 어떤 곳에 무지개 거미줄을 쳐야 할지 아직 알 수 없었으니까.

　"우리가 진짜 원하는 장소가 어디일까?"

　"우리 거미줄은 모두가 볼 수 있어야 하는데."

　그러다 문득!

그래, 캔버스!
우리도 캔버스에 무지개 거미줄로
그림을 그리는 거야!

와! 올망이, 천재!

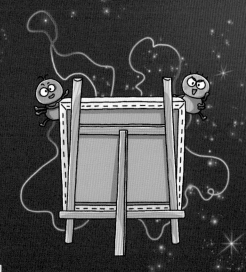

올망이와 졸망이는 그동
안 감춰 왔던 실력을 마음
껏 뽐냈어. 캔버스는 금세
무지개 거미줄로 가득해졌
지. 둘은 시간 가는 줄 모르
고 밤늦도록 거미줄을 뽑았어.

"드디어 완성이다! 이 작품을 어디에다 두지?"

"역시 '거기' 아닐까?"

별이 뜬 새벽녘, 거미 형제는 어딘가
로 향했어.

화가 클로드의 그림 전시회 날.

이른 아침, 관람객을 맞이하러 숲속 전시회장에 온

클로드는 깜짝 놀랐어. 클로드의 그림만 걸려 있어야

할 곳에 처음 보는 그림이 있었거든.

"처음 보는 기법, 처음 보는 재료! 처음 보는 표현 방식이야! 대단하군, 대단해!"

클로드는 정체 모를 그림에서 눈을 뗄 수가 없었어. 이번 전시회는 클로드가 그린 그림을 걸어야 했지만, 이렇게 멋진 그림을 그냥 지나칠 순 없었어. 클로드는 이 그림을 전시하기로 마음먹었지.

"아! 그런데 누구 그림이지? 누가 이렇게 멋진 그림을 그렸는지 알고 싶은데."

그림의 제목과 그린 사람의 이름을 써 붙여야 하는데
누가 그렸는지 알 수 없으니 클로드는 무척 난감했어.
그 모습을, 올망이와 졸망이가 숨어 지켜보았어.

올망이와 졸망이는 클로드의 칭찬에 눈물이 솟았지
만, 자기들이 그렸다고 나서지는 못했어. 그림 재료가 거
미줄인 걸 알면 클로드가 실망할 것 같았거든.

"엇, 비다!"

한두 방울 내리던 빗방울이 거칠어졌어. 전시회가 시작되기도 전에 비가 한바탕 우르르 쏟아질 기세였어.

"큰일이네. 전시회를 취소해야 하나?"

몇 년 만의 숲속 전시회가 취소될 위기에 처했어!

취소?

뭐?

비가 이렇게 오면
그림이 다 젖을 텐데.

뿅! 올망이와 졸망이가 클로드 앞에 나타났어!

"비가 문제라면!"

"우리가 막을게요!"

클로드가 대답할 틈도 없었어. 거미 형제는 엄청난 속
도로 무지개 거미줄을 뿜어냈어. 무지갯빛 거미줄이 어
지러이 촘촘하게 엮이고 또 엮였어.

눈앞에 펼쳐진 영롱한 광경
에 클로드는 깜짝 놀랐어.
"아, 그렇구나!"

클로드는 이 낯선 그림을 누가 그렸는지 알아챘어. 자
유로운 선의 흐름이 똑 닮아 있었거든.

이 정도면
전시회를 할 수
있겠어!

올망이, 졸망이 덕분에 숲속 전시회가 무사히 열렸어.

관람객들을 지켜보던 클로드는 성큼성큼 입구로 걸어갔어. 그리고 펜을 들어 푯말 내용을 슥슥 고쳤어.

🐻 "엇! '클로드 그림 전시회'가 '클로드와 올망졸망 그림 전시회'로 바뀌었어!"

빗방울 맺힌 무지개 거미줄이 아름답게 빛났어. 높이 수놓인 거미줄은 그 자체로 미술 작품 같았지.

전시회는 대성공이었어. 올망이와 졸망이도 이제 알
았대. 모든 물건은 있어야 할 자리에 있을 때 더욱더 아
름답다는걸. 드디어, 무지개 거미줄이 있어야 할 곳을
찾게 된 거야.

자기에게 딱 맞는 청소법을 찾게 된 초록 마을 주민들. 청소 특공대 다람단과 햄찌단, 그리고 올망이와 졸망이도 있으니 초록 마을은 걱정 없겠지?

어려운 일, 곤란한 일이 있으면 언제든지 다람단을 불러 줘. 아주 특별한 청소법으로, 마음까지 다독여 줄 테니까!

# 청소 특공대 다람단 3

## 우리가 청소를 하는 진짜 이유!

**지은이** 문채빈

**찍은날** 2024년 12월 10일 초판 1쇄 | **펴낸날** 2024년 12월 20일 초판 1쇄

**펴낸이** 신광수 | **CS본부장** 강윤구 | **출판개발실장** 위귀영 | **디자인실장** 손현지

**아동문학파트** 백한별, 강별 | **출판디자인팀** 최진아, 김리안 | **저작권 업무** 김마이, 이아람

**출판사업팀** 이용복, 민현기, 우광일, 김선영, 신지애, 허성배, 이강원, 정유,

정슬기, 정재욱, 박세화, 김종민, 정영묵, 전지현

**CS지원팀** 봉대중, 이주연, 이형배, 이우성, 전효정, 장현우, 정보길

**펴낸곳** (주)미래엔 | **등록** 1950년 11월 1일 제16-67호 | **주소** 서울특별시 서초구 신반포로 321

**전화** 미래엔 고객센터 1800-8890 팩스 541-8249 | **홈페이지** www.mirae-n.com

ⓒ 문채빈 2024

ISBN 979-11-7311-965-1 74810
ISBN 979-11-6841-538-6 (세트)

# 오늘은 나도 청소 특공대!

올망이와 졸망이처럼 일일 청소 특공대가 되어, 아래의 청소 의뢰서에 가족과 친구의 의뢰를 받아 보세요. 다람단의 특별한 청소법으로 함께 청소를 하다 보면, 서로의 마음을 더욱 잘 이해할 수 있을 거예요.

## 청소 의뢰서

- 의뢰인:                    · 청소할 곳:

- 청소를 의뢰한 이유:

의뢰                              접수

## 청소 의뢰서

- 의뢰인:                    · 청소할 곳:

- 청소를 의뢰한 이유:

의뢰                              접수